MW01119976

Awa au bout du monde

Illustrations
de Suzane Langlois

la courte échelle

Les éditions de la courte échelle inc.

Les éditions de la courte échelle inc.
5243, boul. Saint-Laurent
Montréal (Québec) H2T 1S4

Conception graphique:
Derome design inc.

Révision des textes:
Odette Lord

Dépôt légal, 1er trimestre 1992
Bibliothèque nationale du Québec

Données de catalogage avant publication (Canada)

Pratte, François, 1958-

 Awa au bout du monde

 (Premier Roman; PR24)

 ISBN: 2-89021-151-7

 I. Langlois, Suzane.   II. Titre.   III. Collection.

PS8581.R38A932 1992   jC843'.54   C90-096590-8
PS9581.R38A932 1992
PZ23.P72Aw 1992

François Pratte

D'abord comédien-enfant dans les années 60, François Pratte, né en 1958, a joué dans de nombreux films, téléromans, pièces de théâtre... et messages publicitaires.

Aujourd'hui, en plus d'être acteur et animateur, il est auteur et collabore à la scénarisation d'émissions de télévision et à l'écriture de différents projets. Il a d'ailleurs écrit et animé l'émission télévisée *La puce à l'oreille,* à Radio-Canada de 1985 à 1989. Sa pratique de l'animation et ses rencontres fréquentes avec les lecteurs dans les écoles lui permettent de «garder contact» avec eux.

Une expérience de près d'un an avec des Ivoiriens à 17 ans, d'abord au Québec et en Ontario, puis en Côte-d'Ivoire même, l'a inspiré pour écrire *Le secret d'Awa,* pour lequel il a reçu un Prix d'excellence de l'Association des consommateurs du Québec, en 1989.

Awa au bout du monde est son quatrième roman à la courte échelle.

Suzane Langlois

Née en 1954, Suzane Langlois étudie l'illustration et le graphisme à Hambourg, en Allemagne.

Puis elle illustre des pochettes de disques, des romans et des manuels scolaires, entre autres choses. Elle a fait les dessins de son premier livre jeunesse pour une maison de Tokyo. Et elle travaille aussi pour différentes maisons d'édition du Québec, du Canada et d'Europe.

Entre ses nombreux voyages, elle fait aussi beaucoup de peinture... Et elle a même pris des cours de danse, car pour s'aérer l'esprit, elle s'intéresse également à cet art. Ça donne encore plus de mouvement à ses personnages.

Awa au bout du monde est le quatrième roman qu'elle illustre à la courte échelle où elle a aussi illustré l'album *Les vacances d'Amélie.*

François Pratte

Awa au bout du monde

Illustrations
de Suzane Langlois

la courte échelle

1
Marc-Antoine

— Marc-Antoine! crie l'une des filles. Veux-tu écrire ton «orthographe» sur mon espadrille?

— Son *autographe*, la reprend une autre.

— Moi aussi, j'en veux un!

— Moi aussi, je veux avoir un autographe!

— Moi aussi!

Awa reste plantée là un bon moment avant de s'en aller. Il y a trop de monde!

Elle était pourtant venue au Salon international de l'aventure exprès pour le voir.

Awa rejoint alors son père qui

l'attendait un peu plus loin.

— Et puis, tu lui as parlé? lui demande Maurice sur un ton amical.

— Non.

— Tu aurais dû! Tu n'es pas gênée d'habitude!

— Papa...

— C'est vrai! Il a sûrement lu ton projet!

Elle soupire.

— Il y avait au moins cinquante personnes autour de lui.

Maurice reste silencieux un moment.

— As-tu faim? Veux-tu aller au casse-croûte?

***

Les mains pleines de moutarde et de relish, Awa dévore son hamburger comme une goinfre.

— Papa! Regarde!

— Awa! La bouche pleine! À ton âge!

— C'est lui, là-bas!

— Où?

— Derrière toi!

Maurice se retourne mais Awa l'arrête juste à temps avec sa main.

— Attends, il regarde par ici!

— Awa... Tu as mis plein de

moutarde sur ma manche!

— Il cherche une place, pa-pa! Et il est seul!

— Alors, invite-le! Fais-lui signe!

Awa se lève brusquement et renverse la moitié de son verre de lait.

— Awa, zut! Fais attention!

— MARC-ANTOINE!

Marc-Antoine l'aperçoit et lui sourit poliment. Puis il regarde ailleurs et cherche une table libre.

Maurice encourage sa fille:

— Insiste, Awa. Va lui dire qui tu es! Parle-lui du projet que tu lui as envoyé. Ne sois pas timide!

Awa prend d'abord une bonne respiration. Puis elle y va.

— Marc-Antoine, veux-tu t'asseoir avec nous?

***

Marc-Antoine est la vedette de l'émission *La grande aventure*.

En compagnie de son cameraman Éric, il va là où d'autres

n'oseraient jamais mettre les pieds.

Et cette année, Marc-Antoine offre une chance unique au public: l'accompagner en voyage.

Mais les candidats doivent d'abord soumettre un projet de reportage...

— J'ai lu ton texte, Awa. C'est bien!

Awa ne dit rien. Elle attend la suite. Et Marc-Antoine est visiblement mal à l'aise.

— Tu sais, Awa. J'en ai reçu beaucoup.

En effet, Awa n'est pas seule dans la course et il y a une grande différence d'âge entre elle et les autres. En général, ils ont entre treize et seize ans.

Awa en a dix.

— Est-ce que j'ai une chance?

Marc-Antoine avale sa bouchée.

— Tu fais partie des finalistes. Il y en a cinq en tout.

— Où iraient les autres? demande Awa, curieuse.

Marc-Antoine pose un doigt sur ses lèvres.

— Ça, c'est un secret!... Mais toi, tu n'as pas choisi le continent le plus facile à explorer!

L'Antarctique! Le continent le plus froid de la Terre!

Là où vivent des dizaines de millions de manchots...

Là où la glace est si épaisse qu'on peut y construire des habitations permanentes!

Là où...

Ah!... L'Antarctique. Awa en rêve déjà. Elle ajoute, pour défendre son projet:

— L'Organisation Bleue nous aiderait. Elle me l'a promis.

Marc-Antoine sourit.

— Même si ton projet n'était pas retenu, Awa...

Awa voit déjà venir l'échec.

— Oui?... demande-t-elle avec un noeud dans la gorge.

— Sois assurée que les membres du jury ont *vraiment* été impressionnés par ta recherche.

Pourquoi l'Antarctique!? Elle aurait pu se contenter de trouver un sujet de reportage à Tahiti, tiens! Ou ailleurs!

L'Antarctique! Quelle idée!

Marc-Antoine se lève.

— Maintenant, excusez-moi, on m'attend. À l'un de ces jours, Awa! Bonne chance!

2
Ça va être froid!

— Awa, le repas est servi! lance Djénéba à sa fille.

— J'arrive, maman! Ça finit dans cinq minutes.

— Ça va être froid!

— C'est l'émission de Marc-Antoine, Djénéba!

Depuis trois semaines, le mercredi soir, on n'entend parler que de lui. Et de l'Antarctique, bien sûr. À table, Awa parle au moins deux minutes entre chaque bouchée de ratatouille.

— Maman, savais-tu que l'Antarctique était inhabitée, avant?

— Awa... Tu nous l'as déjà dit!

— Il paraît que c'est tellement froid que...

Maurice l'interrompt.

— Awa, ça va refroidir.

Le téléphone sonne. Awa se précipite pour répondre.

***

— Qui était-ce? demandent Maurice et Djénéba.

Awa a l'air complètement excitée. Mais elle ne dit rien.

— Alors, quoi?

— Marc-Antoine m'invite à l'accompagner en voyage pendant le congé scolaire de février!

Maurice s'étouffe. Djénéba aussi. Et Awa, joyeuse, saute comme un kangourou.

3
Au pays de la glace

Oui, Awa a remporté le concours. C'est son projet qui a été retenu. Durant huit jours, à titre de reporter en herbe, elle va donc accompagner Marc-Antoine et son cameraman Éric.

Et quelle destination! Près du Pôle Sud. Au pays du froid et de la glace. À 13 000 km de Montréal.

Ils sont maintenant en route vers l'Antarctique.

— On va te filmer avec les manchots! lui crie Marc-Antoine dans le petit avion secoué par le vent.

Les turbulences aériennes n'énervent pas Awa. Elle est trop absorbée par ce qu'elle voit à travers le hublot.

— Regarde, Marc-Antoine. Il y a des icebergs!

Il entend mal.

— Des quoi? J'ai les oreilles bouchées!

— Des icebergs. Tu sais... les montagnes de glace!

— Oui, je les vois. On va arriver bientôt, Awa. La Station Bleue est tout près de la mer.

En Antarctique, à dix ans!

Dans une station de recherche.

Un rêve, un conte de fées!

Une semaine à observer et à filmer les manchots, les phoques... et le désert de glace.

L'Antarctique est le continent le plus calme de la planète.

L'avion atterrit sur la banquise, à deux pas de la station.

Quinze minutes plus tard, il
redécolle.

***

La base est une minuscule
maison de bois construite par
l'Organisation Bleue.

Sa mission? Protéger le seul continent sauvage de la planète. Presque toute l'eau potable de la Terre s'y trouve congelée!

L'équipe de Marc-Antoine est la première à y tourner un reportage.

— Soyez les bienvenus à la Station Bleue! dit Dagmar en les accueillant avec un sourire radieux. Les visiteurs sont rares!

Contente, Dagmar s'approche d'Awa et l'embrasse.

— C'est toi, Awa? Tu as l'air plus jeune sur les photos!

Dagmar est norvégienne. Comme Amundsen. Cet homme qui avait été le premier à se rendre au Pôle Sud au début du siècle.

Elle occupe seule la station avec Boris. Un explorateur russe habitué aux climats rigoureux.

— Boris n'est pas ici? demande Éric.

— Il se promène!

Awa enchaîne:

— Qu'est-ce qu'il fait?

— Il explore la région, Awa. Tu serais étonnée de ses découvertes. Entrez!

Dagmar sert du café et du chocolat chaud.

— Il y a beaucoup de vent ici. Mais n'ayez pas peur, votre tente est chauffée et bien ancrée.

Awa regarde encore le paysage par la fenêtre. Il n'y a pas de plantes, bien sûr, mais des manchots par milliers!

Dagmar se lève.

— Vous connaissez les krills?

— Moi, oui! lance Awa. Ça ressemble à une crevette.

Dagmar sourit.

— C'est comme une crevette, oui. Il y en a des tonnes et des tonnes autour du continent!

Elle prend un bocal de krills sur une tablette et ajoute, en le montrant:

— Le mets national de l'Antarctique! Sans ces krills, il n'y aurait ni manchots, ni phoques, ni baleines!

Awa prend le pot.

— C'est bon à manger?

— Bien sûr! Je vais même vous en préparer, ce soir.

4
Neige noire

Le lendemain matin. Il est six heures, mais le soleil ne s'est pas couché de la nuit...

Comme au Pôle Nord, il fait soleil vingt-quatre heures par jour, presque six mois par année.

C'est l'été, là-bas, même s'il fait froid!

— Tu as bien dormi? demande Dagmar.

Awa s'étire en sortant de son sac de couchage. Elle sort visiblement d'un sommeil profond.

— Oui, répond-elle en bâillant.

— Tu as bien fait de dormir dans la maison. Il fait -15 °C.

Toute la matinée, l'équipe s'affaire au tournage.

Marc-Antoine examine les lieux avec Dagmar et Éric. Ils font du repérage.

Awa les accompagne au milieu de la colonie de manchots empereurs, ces oiseaux qu'on prend souvent pour des pingouins.

Ils ne peuvent pas voler.

Piétons maladroits sur la banquise, les manchots sont aussi à l'aise que des poissons dans l'eau.

Awa les observe d'un air amusé. Surtout lorsqu'ils se suivent à la queue leu leu sur le rocher.

On les croirait à la piscine

publique, derrière le tremplin!

Selon les recommandations de Dagmar, Awa évite de les déranger.

Ainsi, malgré la tentation, elle ne s'approche pas des bébés pour ne pas les effrayer.

Elle remarque néanmoins à quel point ces manchots ont le sens de la famille. Par exemple, jamais un père ou une mère ne laisse son petit.

Awa se demande bien comment ils font pour se reconnaître!

Qui sait, songe-t-elle, si les manchots eux-mêmes ne se demandent pas comment *nous,* les humains, nous faisons pour nous différencier!

Awa entend un bruit dans le ciel. Elle lève la tête.

— Un hélicoptère! crie-t-elle aux autres.

— C'est Boris! lui répond Dagmar. Il revient de sa tournée!

***

Boris est revenu de son excursion. Il se montre cordial avec les visiteurs, mais son sourire cache mal sa colère.

Dagmar sait pourquoi. Chaque fois qu'il revient de ses randonnées, Boris s'emporte.

Il donne à Marc-Antoine sa première interview:

— On la dit propre, l'Antarctique, n'est-ce pas? Tout autour d'une autre station que j'ai visitée hier, le paysage ressemble à un vaste dépotoir! Étonnant pour un continent voué à la

«recherche scientifique»! Vous ne trouvez pas?

— Et c'est sans parler des intrus! ajoute Dagmar.

À ce moment, elle sort d'un tiroir des photos révélatrices.

Sur l'une d'elles, on voit des touristes qui soulèvent un manchot en train de couver, avec un bâton.

Et ils ont l'air de trouver ça drôle!

Awa ne peut s'empêcher de réagir:

— Ils sont bien méchants!

Un son strident l'interrompt.

Bip! Bip! Bip! Bip! Bip! Bip!

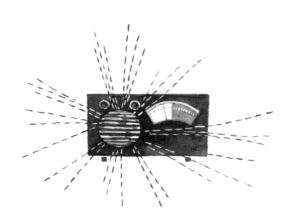

5
C'est un S.O.S.!

— Ici, la Station Bleue. Nous avons capté votre S.O.S. À vous!

— Ici, le navire Aloé Atèr. Nous sommes pris dans les glaces près de la côte. Transportons touristes et ravitaillements de pétrole.

— Quelle est votre position?

— Latitude 74,4° sud. Longitude 64,2° ouest.

— C'est tout près d'ici! Vous êtes chanceux!

Les autres dans la pièce se sont tus. Dagmar s'inquiète.

— Boris, demande-lui si le navire est endommagé.

— Ici, la Station Bleue. Votre navire est-il endommagé?

— Négatif.

Avec son ordinateur, près de la radio, Boris repère la position du navire.

— Vous êtes à vingt kilomètres d'ici. Pas plus.

— Et les autres stations? demande l'interlocuteur.

— Il n'y en a pas à moins de six cents kilomètres de l'endroit où vous êtes. Alors, attendez-nous!

— Et n'essayez surtout pas de bouger! ajoute Dagmar.

***

Dix minutes plus tard, l'hélicoptère de Boris survole les lieux.

Le navire a l'air d'un jouet au milieu des icebergs et des blocs de glace géants à la dérive.

Il y a aussi des rochers tout autour.

— Il faut être fou pour piloter un navire si près de la côte! lance Boris.

Éric, de l'hélicoptère, filme le navire en détresse.

C'est Dagmar qui prend l'initiative:

— Ne bouge pas, Boris, reste en position stationnaire. Je laisse tomber l'échelle.

Elle descend vers le navire. Marc-Antoine et Éric la suivent.

Awa reste donc à bord pour observer la scène.

À cause du vent, l'échelle est ballottée comme un drap sur une corde à linge.

Aussitôt sur le pont, Éric se met à la tâche avec sa caméra, et Marc-Antoine interviewe les passagers.

De son côté, Dagmar discute avec un officier tout en pointant énergiquement les rochers, les icebergs et la mer...

Que peuvent-ils bien se ra-
conter? se demande Awa.

La discussion semble animée.

Soudain, Dagmar court vers
la cabine du pilote en faisant des
signes. On a dû lui signaler quel-
que chose.

«Non! Non! Non!» semble

dire Dagmar avec ses bras.

Mais le pilote ne l'a pas entendue et quelques secondes plus tard, le navire recule. Il se déplace vers l'arrière de quelques mètres et puis...

Malheur! Il s'est brutalement immobilisé, ce qui entraîne une violente secousse.

Tout le monde sur le pont perd pied et se retrouve le nez au sol.

Du haut des airs, Awa ne manque rien.

— Là, Boris! Là! Regarde!... Vois-tu ce que je vois?

— Où?

— Sur le côté du navire, à l'arrière...

— Jupiter! Tu as raison!

La vraie catastrophe, cette fois, vient de se produire.

Le navire a été éventré.

En peu de temps, une fuite d'huile transforme l'océan en une immense nappe noire.

Boris appelle du renfort par radio.

— Attention! Attention! Catastrophe écologique. Toutes les stations à moins de sept cents kilomètres de la position 74/64 sont priées d'envoyer de l'aide. Attention, je répète...

6
Eau noire

Le navire fendu n'a pas coulé, soutenu par des rochers sous-marins.

Deux jours sont passés depuis l'accident.

Le froid est particulièrement intense et les vents violents. Les hommes et les femmes qui envahissent la côte ces jours-ci sont courageux.

Marc-Antoine et Éric se faufilent parmi les travailleurs. Ils auront sûrement des images-chocs à présenter au public de *La grande aventure*.

Jamais l'Antarctique n'a paru

si inhospitalière. Et pire encore, sale. L'eau est noire, la côte est visqueuse et la mer rejette des tonnes de krills empoisonnés au mazout.

La nappe s'est étendue à près d'une dizaine de kilomètres.

Des équipes empêchent les milliers de manchots de plonger.

— Où vont-ils se nourrir? se demande Awa en observant la scène.

Emmitouflée dans son manteau, elle se sent impuissante devant ce spectacle d'une ampleur inimaginable.

Elle n'a pas remarqué Éric qui la filme depuis tout à l'heure. Il s'approche d'elle:

— Tu ne t'attendais pas à ça...

— Pauvres manchots!

— Veux-tu une tasse de soupe?

Marc-Antoine les rejoint.

— As-tu froid, Awa?

— Non, ça va. Crois-tu qu'ils vont réussir à tout récupérer?

Marc-Antoine jette un regard sur le rivage. Soupire.

— Ça m'étonnerait.

***

Le lendemain, pendant un moment, Awa demeure seule à la station, dans la chaude maison de bois.

La radiocassette joue ses airs préférés.

Après avoir lu un livre, puis écrit son journal, Awa enfile son manteau et sort.

Elle se dirige vers la mer qui

s'est enfin calmée.

Sur la banquise, les oiseaux se sont en partie dispersés. C'est comme si la colonie de manchots avait senti l'arrivée prochaine de la marée noire.

Peu à peu, Awa s'en approche au point de se mêler à eux.

À son grand étonnement, ils l'accueillent comme l'une des leurs. Ou presque.

Elle sent déjà une certaine chaleur. «C'est pour ça qu'ils se collent tant! songe-t-elle. Pour avoir plus chaud!»

Comme ils sont rigolos! Les parents cachent leur progéniture sous leurs gros ventres, entre leurs pieds palmés comme ceux des canards. On les appelle d'ailleurs des palmipèdes.

Au bout d'un certain temps,

Awa aperçoit un véritable clown dans la colonie. Un bébé solitaire!

Depuis cinq bonnes minutes, il va d'un manchot adulte à l'autre. Et chaque fois, on le rejette comme un intrus.

Un orphelin? À moins que ses parents ne se soient absentés un moment?

Awa commence à s'inquiéter à son sujet. Elle s'approche doucement de lui. Il l'a remarquée, mais il ne la fuit pas.

Avec précaution, Awa étend sa main...

Il ne bronche pas.

Ensuite, elle le caresse avec sa grosse mitaine, puis elle lui parle.

Aucun adulte de la colonie ne vient les voir.

— Tu es égaré? lui demande Awa. Tu dois avoir faim?

Awa le prend dans ses bras et l'emmène à la base.

— Tu es lourd!

Tout l'après-midi, elle joue dehors avec lui. Le nourrit de krills. En prend soin.

Un rayon de bonheur en ces sombres jours!

7
Journal

Station Bleue, le 25 février

Depuis hier, je me suis fait un petit copain manchot.

Je le trouve bien drôle.

Dagmar est très étonnée de ma découverte. Il est rare qu'on laisse un jeune manchot sans surveillance.

Elle croit qu'il est arrivé malheur à ses parents.

Comme il est orphelin, Dagmar m'a dit qu'il n'aurait probablement pas survécu.

Le problème est de le garder. On ne peut pas l'attacher. Ce serait absurde!

Alors, on lui a préparé une sorte d'abri à l'extérieur. Un peu comme une niche. Et tout autour, nous avons fait une clôture.

Je sais que ça peut paraître cruel de l'isoler de la colonie. Mais si personne ne s'occupe de lui...

Au dernier rapport, la marée noire avait été en bonne partie aspirée. Reste qu'il y a eu une vraie catastrophe.

Je pourrai dire à Maurice et à Djénéba que j'étais là quand elle s'est produite!

Tu parles d'une aventure, oui...

À l'heure où j'écris ces lignes, Tom Pouce, mon petit manchot, est dehors. Je le vois par la fenêtre.

Quand l'opération nettoyage
sera terminée, Dagmar m'a promis de s'occuper de lui.

Nous partons déjà demain.
J'ai hâte de me retrouver chez
nous. Mais en même temps, ça
me fait de la peine de quitter la
Station Bleue.

Je m'entends si bien avec

Dagmar. On a de vraies conversations d'adultes, elle et moi.

«C'est la vie», dirait mon père. Et après tout, rien ne m'empêche de lui écrire.

«Le facteur passe ici tous les deux mois!» m'a expliqué Boris, l'autre jour.

En fait, tu t'en doutes, cher journal. Dagmar et Boris reçoivent leur courrier par bateau. Il arrive à une autre station, en même temps que les ravitaillements habituels.

Pas facile, la vie en Antarctique!

D'ailleurs, dans quelques semaines, le soleil va se coucher. Ce sera alors une longue nuit froide qui va durer six mois.

J'ai des frissons, rien qu'à y penser!

***

Au campement temporaire installé près de l'Aloé Atèr, Awa jette un dernier regard sur la côte.

— Est-ce que la nature va guérir bientôt? demande-t-elle.

Dagmar lui répond par une autre question:

— Awa, si tu laisses un fruit sur la table, à la chaleur, qu'est-ce qui va se produire?

— Il va se décomposer?

— Comment fais-tu pour le conserver, alors?

— Je le mets au froid?

— Je dirais même au congélateur, Awa...

Silence.

Awa vient de saisir. Mais Dagmar ajoute, pour être sûre de se faire comprendre:

— En Antarctique, ça prend des dizaines d'années à une pelure d'orange pour se décomposer. Imagine le mazout!

À ces mots, Awa fixe la colonie de manchots autour du campement, songeuse.

Dagmar ne veut pas qu'elle se décourage:

— Le mal est fait, Awa. Mais la nature est forte. Elle va survivre.

***

Peu avant le grand départ, des visiteurs inattendus arrivent à la station.

Deux palmipèdes venus reprendre leur bébé égaré!

Belles retrouvailles pour Tom

Pouce qui a déjà oublié Awa.

Son vrai monde, c'est sa colonie. Ses amis, ses milliers de compatriotes qui habitent avec lui le pays des manchots.

Si ses parents pouvaient parler, ils nous diraient ce qui s'est passé. Un mystère!

Awa ouvre la barrière.

L'aventure de Tom Pouce vient de prendre fin.

Et comme lui, Awa sera bientôt auprès de sa famille.

8
«Spécial Antarctique»

— La pizza est arrivée!

— Viens vite, Maurice! l'interrompt Djénéba. L'émission commence dans cinq minutes.

— Je vous sers là-bas, les filles?

Djénéba et Awa répliquent en choeur:

— On s'en fiche! Viens!

Maurice arrive ensuite avec les assiettes.

— Et alors?

— Chhhhhhhhhh...

C'est le début de l'émission, Marc-Antoine est en pleine action. On le voit courir au Kenya,

faire de la plongée aux Caraïbes, caresser un boa...

La musique est omniprésente.

Puis le titre de l'émission apparaît: *La grande aventure*.

Maurice commente:

— C'est bon, le début!

— Chhhhhhh.....

Marc-Antoine est en studio:

À notre dernier rendez-vous, je vous avais promis un épisode tout à fait exceptionnel de La grande aventure.

Ce soir, vous ne serez pas déçus.

L'équipe de l'émission était en Antarctique, en février dernier, au moment du naufrage de l'Aloé Atèr.

C'est Awa Leboeuf qui a eu l'idée de faire un reportage sur la Station Bleue en Antarctique. Awa est une jeune reporter qui a du coeur au ventre!

Bien sûr, ni Awa ni moi ne nous attendions à ce que des événements aussi graves s'y produisent.

Ce soir, j'ai une grande nouvelle pour tout le monde. Et ça me fait tout particulièrement plaisir de l'annoncer à Awa.

Une rencontre historique aura lieu dès l'automne prochain.

Tous les pays de la planète se mettront enfin d'accord pour protéger l'Antarctique.

La Station Bleue sera alors nommée la capitale écologique du continent des manchots.